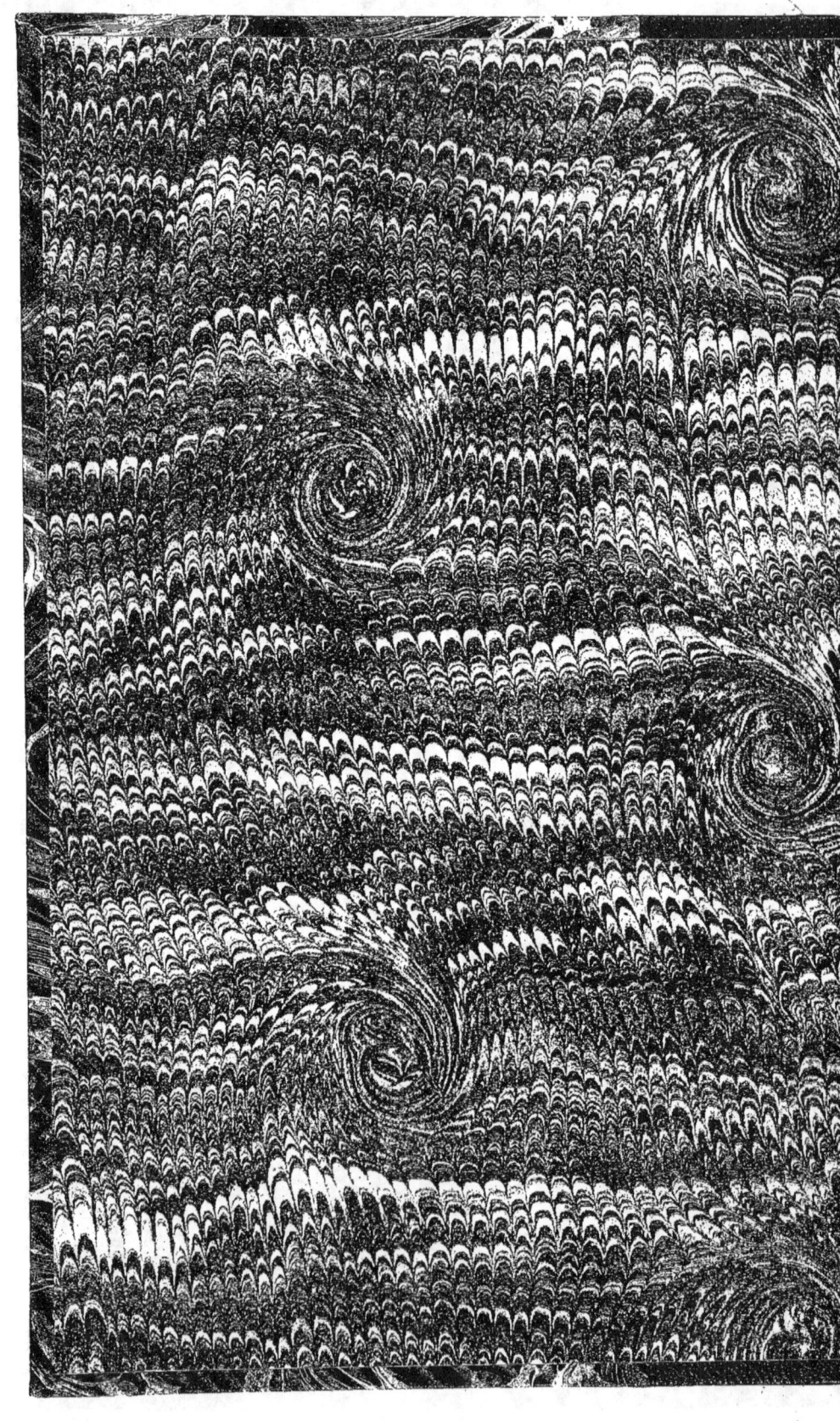

HEIRCLAS RÜGEN

Fleurs
de Neige

La Neige est triste....
Jean Richepin (*Chanson des Gueux*).

PRIX : 1 FRANC

NANCY
G. CRÉPIN-LEBLOND, IMPRIMEUR-ÉDITEUR

1893

A Monsieur Vernolle
L'auteur, hommage.

Heirclas Reigey

HEIRCLAS RÜGEN

plat. Charles Guérin

Fleurs de Neige

La Neige est triste.....
JEAN RICHEPIN (*Chanson des Gueux*).

NANCY

G. CRÉPIN-LEBLOND, IMPRIMEUR-EDITEUR

1893

EN PRÉPARATION

L'AGONIE DU SOLEIL
(TRIPTYQUE)

Premier panneau : *Les Joies Grises.*
Deuxième panneau : *Le Sang des Crépuscules.*
Troisième panneau : *L'Engloutissement.*

POUR PARAITRE

Ors et Rubis (sonnets).
Les Roses Noires (poèmes).

TABLE

FRONTISPICE

✝✝✝

..... C'est donc une véritable misère que de
vivre sur la terre. Et plus un homme
veut vivre selon l'esprit, plus la vie
présente lui devient amère, parce
qu'il ressent mieux et qu'il voit plus
clairement les défauts de cet état de
corruption.

Imitation de Jésus-Christ, liv. 1er, ch. xxii.

Sous les pins fins pleins de plaintes, au sein des landes
Languissent et sommeillent les filles des neiges.
Ce sont celles qui souffrent parce qu'elles n'aiment
Pas. — Et leur spleen s'épanouit en larmes blanches.

Quand le soleil agonisant les ensanglante
Il semble éclore comme un peu de vie en elles.
Mais lorsque l'astre las est mort au ciel funèbre
Les fleurs retombent dans la nuit et le silence.

N'ayant que leur parfum de vierges pour seul charme
Elles croissent ainsi, dédaigneuses et chastes
Dans la brume où des vols de corneilles se croisent.

— Mon âme est, sous les pins froissés des vents algides,
La lande désolée où végètent les froides
Fleurs de neige, les éternelles Nostalgiques.

LA BERCEUSE

✤✤✤

Ce lui était une douceur d'entendre venir
dans le silence des corridors — comme
un accompagnement à son rêve — très
vague, très atténué, le chant du piano.

Georges RODENBACH. — *L'Art en Exil.*

O la langueur douce et terne du crépuscule

Où l'on s'esseule au fond des rêves assoupis

En regardant la flamme empourprer les tapis

Qui dans la cheminée agonise et recule.

Cloison pleine de bruits. — La plainte se module

Des grillons familiers dans la cendre tapis ;

Et sous le bronze aux deux satyres accroupis

Le rythme mollissant et lent de la pendule.....

Et voici que j'entends s'approcher, traversant
Le corridor glacé qui vibre en frémissant
Une vague musique, aimante et paresseuse ;

Ainsi le vent qui souffle aux feuilles des bouleaux,
Ainsi me vient comme un murmure gris de flots
D'une chambre tiède et lointaine, — la Berceuse.

3 Mars 1892.

L'AVEUGLE

✣✣✣

Je voudrais que votre ombre au moins vêtit ma honte,
Mais vous n'avez pas d'ombre, o vous dont l'amour monte,
O vous, fontaine calme, amère aux seuls amants
De leur damnation, o vous toute lumière,
Sauf aux yeux dont un lourd baiser tient la paupière.

Paul VERLAINE.

Maître, vous m'avez dit : « Vends tes biens et suis-moi

« Et nous ferons — pieds nus — ensemble notre route,

« Guérissant les blessés et dissipant le doute

« Au fond du cœur de ceux où ne luit plus la Foi.

♣

« Les jours passés dans la souffrance et dans l'effroi

« Et le sang versé pur et versé goutte à goutte

« Vaudront un trône d'or à celui qui m'écoute

« Dans le Royaume saint dont Jésus est le Roi..... »

Mais en l'ombre du Mal veillait la Pécheresse.

Elle enchaîna mon bon vouloir d'une caresse,

Et je ne sus pas fuir l'horrible enivrement.

Le Maître murmura : « Chair ! misérable argile ! »...

Alors, ayant baissé la tête tristement,

Je fis comme le Jeune Homme de l'Evangile.

26 Mars 1892.

ROSES D'OCTOBRE

✛✛✛

Ut flos in septis secretus nascitur hortis.
CATULLE.

La verginella e simile alla rosa.
L'ARIOSTE.

La jeune fille est semblable à la rose.
Jacques GOHORRY.

La charmille s'emplit de la douceur des choses
Et des parfums lointains de l'arrière-saison,
Voici l'automne, on a fini la fenaison ;
Voici dormir les foins au fond des granges closes.

On devine de la tristesse aux couchants roses,
Aux colchiques épanouis sur le gazon ;
Dans les massifs jaunis qui bordent la maison,
Le long des murs s'effeuillent les dernières roses.

L'allée est rousse où neigèrent les peupliers.
Il exhale le charme ancien des oubliés
Ce jardin vague où tout est gris, ce jardin sobre. —

Jeunes filles qui la parfumant pour toujours
Avez fleuri dans mon âme. roses d'octobre,
Effeuillez-vous au vent, mes dernières amours.

Wadelaincourt, Octobre 1892.

ORGUES MORTES

+++

> J'errais loin de vous, vous m'avez ramené
> pour vous servir, et vous m'avez com-
> mandé de vous aimer.
>
> *Imitation.*

Elle est bien morte maintenant la voix des orgues

Qui rappelait les souvenirs d'anciennes choses ;

A l'an prochain d'autres noëls, les orgues dorment...

Elle prie, elle a froid dans ses fourrures chaudes,

Se sentant refleurir au cœur les amours mortes

Elle écoute l'Esprit du Passé qui chuchote....

Les bannières dans une ondulation lente
Flottent encor... puis tout devient rigide et calme.
Des visages fanés et des visions vagues
Passent — rêve lointain — sur les murailles blanches ;

Elle songe qu'ailleurs, à la même heure, l'âme
Du seul Ami prie et souffre dans le silence,
Et triste infiniment — se cachant de la lampe —
Elle a mis son front dans ses mains et fond en larmes.

Sans date.

LES APPROCHES DU SOIR

✝✝✝

La vie des hommes passe comme l'ombre

Job, xiv, 10. Ps. cxliii.

Vaō os annos descendo, et jà do estio
Ha pouco que passar, até o outono.

Camoens.

La Nuit vient. Je me trouve au bout de l'Avenue

De vie, ayant joui du plaisir passager ;

J'attends avec effroi le divin messager

Qui du gouffre infini criera : l'heure est venue !

Derrière le seuil noir est la terre inconnue.

— Le bagage du bien que j'ai fait est léger ;

Je voudrais qu'à flocons il se mît à neiger

Pour que j'aie un manteau blanc sur mon âme nue.

Hâte-toi, dit la Mort, qui me tient par la main,
Viens te coucher pour le sommeil sans lendemain.
Elle chante et sa voix est flottante et charmeuse ;

Elle est câline et sa caresse fait frémir. —
Ainsi la mère — au soir — à la lampe fumeuse
Berce l'enfant peureux qui ne veut pas dormir.

28 Février 1892.

L'EXILÉ

✢✢✢

Si vous voulez être affermi et croître dans
la vertu, regardez-vous comme exilé et
comme étranger sur la terre.

Imitation, Liv. I, chap. XVI

Si vous n'étiez pas sorti et que vous n'eussiez
pas entendu quelque bruit du monde, vous
seriez demeuré dans cette douce paix :
mais parce que vous aimez à entendre des
choses nouvelles, il vous faut supporter
ensuite le trouble du cœur.

Chap. XX.

Le soir de souffles chauds et de vagues rumeurs

S'emplit et maintenant les hommes vont se taire ;

Les Choses prennent vie et chantent sur la Terre

Qu'elles bercent de leurs doux parfums endormeurs.

Ni plaintes d'animaux dans les bois ni clameurs. —

Mais un demi-silence en le ciel solitaire

Flotte et monte au village et jusqu'au presbytère

Que grisent lentement ses effluves charmeurs.

Et le front dans les mains — penche sur la fenêtre —
Celui qui pour un autre a donné tout son être
Ecoute lui parler d'amour le sombre flot.

Son cœur qu'il croyait mort s'éveille et veut renaître,
L'aiguillon douloureux du regret le pénètre
Et l'Exilé jette à la nuit un grand sanglot.

16 Juin 1891.

ECŒUREMENTS DE COLLÈGE

✢✢✢

Je le revois souvent mon grand collège triste

Georges RODENBACH. — *La Jeunesse
blanche.*

Un suaire blafard étreint la cour étroite
Et sombre du collège — à la nuit, en janvier. —
Or j'erre. Mes souliers font crier le gravier
Sous la neige ; j'ai la fièvre et mon front est moite.

♣

La lumière étincelle aux carreaux de la boîte
Lugubre ; en bavardant les sœurs frottent l'évier
A l'office. — Et l'ennui me fait presque envier
Les balayeurs et blasphêmer le Temps qui boite.

Dans la rue ont tinté les grelots d'un traîneau
Qui s'éloigne sans bruit. — Quelqu'un sur le piano
... Là-bas... très tristement... on dirait des sonates...

Une rafale encor. — Le vent souffle aigrement
Et j'écoute avec leur long retentissement
Retomber lourdement les portes des kinates.

23 Janvier 1892.

L'ÊTRE POSTHUME

✝✝✝

Qu'est-il de frère en toi et ceux qui veulent vivre.
Gustave KAHN. — *Palais nomades.*

Sweets to Sweet ! Farewell.
SHAKESPEARE.

Or il est temps. Je veux mollement m'assoupir
Et clore sans douleur le rêve de la Vie.
Cette serre embaumée à la mort me convie,
C'est pour l'Eternité que je vais y dormir.

♣

Ma chair déjà palpite et commence à frémir
Et les âcres parfums dans mon âme assouvie
Se glissent enivrants comme de l'eau-de-vie :
J'entre dans le Sommeil sans jeter un soupir.

... *Maintenant tout repose au sein d'un lourd silence.*
Moi je suis devenu fleur et je me balance
Sur le bassin d'eau bleue où j'habite un lotus.

Et dans un coin, les yeux vitreux, la peau ridée
Mon cadavre s'étend à l'ombre des cactus
Et sur le front verdi, ricane une orchidée.

22 Juin 1891.

L'ANGOISSE D'AILLEURS

✢✢✢

.....L'ineffable tourment
De la mélancolie et du rêve ici bas.
Charles MAIRE.

Les dernières heures du jour s'écoulent
Sous le soleil moins chaud déjà, si longues,
Si pleines du parfum des foins qui monte,
Du bruit des chars qui font trembler la route.

🌹

Les feuilles bruissent, leurs chansons sont douces ;
Elle est paisible la chanson de l'onde.
Alors, si tout fleure la paix et l'ombre,
Comment se fait-il que mon cœur se trouble ?

Que je sente une tristesse ineffable

En voyant vos pétales qui se fanent

Roses d'automne aux tiges inclinées ;

Et que pendant qu'au loin les prés s'endorment

Je pense aux chères âmes exilées

— Devant le vieux canal et son eau morte ?

Wadelaincourt, 25 Septembre 1892.

REQUIEM D'AUTOMNE

✝✝✝

Tout ce que le monde m'offre ici-bas pour
me consoler me pèse.

Imitation, Liv. III, chap. XLVIII.

Le Requiem d'automne a vibré — note grise —
Sur le manteau troué des grands bois chevelus.
Le soleil est voilé de brumes sombres. Plus
De fleurs dont le parfum emplit l'âme et la grise.

Aux arbres les rameaux secs se cassent. La brise
S'est faite glaciale et jonche les talus
De feuilles jaune d'or. Et dans le cœur un flux
Monte et le gonfle d'âpre amertume et le brise.

— Je suis jeune et je souffre et je sens m'envahir

La tristesse qui débilite et fait haïr

La vie, et j'ai goûté les longues défaillances.

Je suis mordu par le remords et les regrets,

Et comme avant l'hiver les cîmes des forêts,

Au vent du Doute ainsi s'effeuillent mes croyances.

24 Avril 1891.

L'AGONIE

+++

O Seigneur, mon âme est triste jusqu'à la mort !
Georges RODENBACH. — *La Jeunesse blanche.*

Je sens renaître en moi la tristesse infinie
Qui visita le Christ au mont des Oliviers,
Alors qu'agenouillé le soir sur les graviers
Il demandait à Dieu d'abréger l'agonie. —

Pitié quand même pour celui qui vous renie !
J'ai péché, mais j'ai tant souffert, si vous saviez.
Quand Magdalaine avec du nard oignit vos pieds
Vous l'avez pardonnée et vous l'avez bénie.

Ne m'arracherez-vous pas au démon mauvais

Qui m'emporte ? Au profond abîme où je m'en vais ?

Seigneur ! Vous aviez fait la Femme à votre image ;

J'ai cru retrouver en elle l'Être divin ;

Du mal que j'ai commis je vous ai fait hommage :

Pitié ! car j'ai donné beaucoup d'amour en vain.

25 Janvier 1892.

CUEUR LAS

✠✠✠

Mon las cueur gist mérencolique.

SIMONET CAILLAU.

Le front battu de douloureuse névralgie,
Je m'abandonne en un fauteuil au coin de l'âtre,
Tournant le dos aux trous épais d'ombre bleuâtre,
A la paroi d'âpres reflets parfois rougie.

♣

Je vais rimer un sonnet triste, une élégie
Où je dirai l'objet moqueur que j'idolâtre,
Car j'ai le spleen et la chanson tendre ou folâtre
Ne pourrait croître en mon sommeil de léthargie.....

Ecoutez donc sur les vitraux craquer le givre,
Le vent mugir dans la forêt comme un homme ivre ;
Ecoutez donc dans la tiédeur de bucolique,

Clos les rideaux, paupières closes, clos mon livre
S'épanouir comme un brouillard mélancolique
La lassitude et le pesant ennui de vivre.

Wadelaincourt, sans date.

LA DOULEUR FUTURE

✤ ✤ ✤

> Que vous revient-il de ces soucis d'un avenir
> incertain, sinon tristesse sur tristesse ? A
> chaque jour suffit son mal.
>
> Quoi de plus insensé, de plus vain, que de
> se réjouir ou de s'affliger de choses futures
> qui n'arriveront peut-être jamais ?
>
> *Imitation,* Livre III, chap. XXX.

Avril est mort. Le bois s'endort plein de murmures.
Nous marchons tous les deux, pâles, les yeux mi-clos,
Passant inattentifs dans les muguets éclos,
Songeurs de l'avenir et des tristesses mûres.

Au lointain un coucou jette dans les ramures
Comme un chant d'agonie où perlent des sanglots,
Comme un adieu qui va bruissant sous les bouleaux :
Où serez-vous quand les mûriers auront des mûres.

Et sans nous dire un mot nous nous sommes compris.
Demain ! Déchirement. Plus d'azur, les jours gris,
Car le soleil aura disparu du ciel blême.

Et vous avez rompu notre entretien muet,
Vous vous êtes penchée en pleurant, émue, et
Dans un baiser brûlant vous m'avez dit : Je t'aime !

3 Mai 1891.

CHOSES MORTES

✝✝✝

Imagines lambunt hederæ,
PERSE.

La vieille volupté de rêver à la mort
A l'entour de la mare endort l'âme des choses.
Stuart MERRIL.

Depuis longtemps déjà les choses se sont tues
Dans ce parc. Le jet d'eau ne pleure même plus ;
Les bassins ont leurs bords de mousse tout velus,
Dans l'allée en sommeil on peut voir les statues

Etreintes par le lierre et dans l'herbe abattues.
Et les vieux tilleuls et les charmes vermoulus,
Se menaçant entre eux de leur membres perclus
Font glisser dans l'étang leurs racines tortues. —

Quant à l'automne les feuilles tombent à l'eau,
D'une ride légère elles troublent le flot
Puis sombrent lentement ; et la ride s'efface.

♣

— Mon âme est comme cette mare et mes amours
Dans l'oubli qui séjourne et dort sous la surface
A la fin d'un été s'enfoncent pour toujours.

3 Septembre 1891.

ÉPILOGUE

✢✢✢

Ne metz ton cœur à vanité, car ceste vie
est transitoire ; mais la parole de Dieu
demoure éternellement.

RABELAIS.

L'attristante senteur d'automne par les champs,

Les angelus confus, les rumeurs des vallées

S'assombrissant, parlaient des saisons exilées

Au Passé, des hivers proches et desséchants.

Et moi, l'âme hantée et morne de ces chants

Du soir qui me disaient les amours en allées

Pour jamais, je sentais mes paupières brûlées

Par l'âcreté qu'ont les astres à leurs couchants.

Et lors, tu m'étreignis, o néant de l'argile ;
Je me souvins des mots divins de l'Evangile
Qu'au livre d'ironie a sertis Rabelais.

Voyant que tout est vain, ivre de l'amertume
De ne pouvoir revivre ce qui fut, j'allais.....
Et les lointains déjà s'enfonçaient dans la brume. —

Et j'ai, le cœur empli d'ineffables courroux,
Regardé le soleil mourir aux grands cieux roux.

Soden, 26 Août 1892.

FLEURS DE NEIGE — HEIRCLAS RUGEN

www.ingramcontent.com/pod-product-compliance
Lightning Source LLC
Chambersburg PA
CBHW060802180626
46818CB00002B/663